Guri Nojiro
GOLD und SILBER
flüstern in der Nacht

Contents

DIE ERSTE NACHT
Niemand darf von der Sache …

... zwischen uns erfahren.
DIE ERSTE NACHT

He, seht mal, da drüben!
Graf Alloy!
Die Bergbauexpedition ist heute Morgen zurückgekehrt.
Oh!
Graf Alloy?! Wo ist er denn ...?
Seht nur, dieses Funkeln!
Oh, aber wirklich!
Er ist so schön wie eh und je ...!
SRRRT
Ah!!
Ähm, Mikado?!
Bitte entschuldigt.
Diese Pflanze verträgt keine direkte Sonneneinstrahlung ...

Nicht dein Ernst?! Das ist gerade der denkbar schlechteste Zeitpunkt!
MECKER
Ich kann Graf Alloy nicht mehr sehen!
MECKER
He, he, nun beruhigt euch mal.
Aber es ist eine Ewigkeit her, dass ich sein wunderschönes Antlitz sehen konnte!
SRRRT
Ah!
Ah, ähm ...
Los, jetzt komm schon!
Was ist mit dir, Mikado?
Oh, schaut mal, er ist schon komplett umzingelt!
Verdammt! Wir sollten auch schnell hin!
Kommt bitte bald zurück!
Möchtest du auch m...?
Ach, als ob der mitkommen würde!
Bringt eh nichts, ihn zu fragen.
...
Ja, da hast du wohl recht ...

Also dann, gehen wir zusammen!
SKRIII
Hö?!
LÄRM
LÄRM
Ah ha ha!
Graf Alloy!
Graf Alloy!
Wie verlief Eure Reise?
Hmmm, was denkt ihr?
Wie wär's, wenn ich euch ein bisschen was vorführe?
Schaut mal!
RIESEL
WAAAH

TROPF
PLÄTSCHER
KRRK
KRRK
PUST
Oh ja, vortreff-lich.
WOAH
Hier, das ist für dich.
Bitte sehr. ♡
Oooh, welch beeindru-ckende Form!
Wie erwartet ist die Qualität eine ganz andere, wenn du dabei bist.
KYAAAAH
Reiß dich zu-sammen!
FLATTER

FLÜSTER
Öh ...
FLAPP
Was ist das ...?
Die Rechnung vom Gasthof.
Das übersteigt ein wenig unser Budget für diese Reise.
Ah, darum geht's also.
Die zugewiesene Unterkunft hat mir nicht gefallen, sie war zu alt.
Und außerdem war das Essen auch ...

…
SCHLUCK
Ah …
Hach, da kann man nichts machen. Gehen wir wieder an die Arbeit …
TRAP
TRAP
Ach, egal! Ich hab gar keine Lust, das zu erklären!
Hast du keine Ausrede für mich parat?!
Äh?!
PACK
Entschul-dige dich mal für mich, ja?
G… Gut …
Ah, er verlässt uns …
Och nööö!
Mann, Mikado!
Nicht zu fassen!
Unglaub-lich, wie der mit Graf Alloy redet!
Mit der Berühmt-heit der Magiefa-kultät!
Mikado ist einfach zu unsensibel!

Die beiden verstehen sich nicht sonderlich gut, oder?
Will-kom-men zurück!
Na, wie war's?
Absolut furchtbar! Graf Alloy ist sofort abgehauen.
Und das nur, weil Mikado ihn wegen einer Rechnung zur Rede gestellt hat.
Das ist nun mal seine Arbeit ...
Wirklich bedauerlich, dass es so gelaufen ist.
Aber heute Abend wird es sicher einen festlichen Empfang der Mineralienabteilung geben.
Graf Alloy wird doch bestimmt auch da sein?

Sollen wir von der Buchhaltungsabteilung auch alle teilnehmen?!
WAAAAH
FLAPP
Was ist mit dir, Mikado?
Nein, danke.
Ich gehe heute früher nach Hause.
Was für ein Eigenbrötler!
FLÜSTER
Das krasse Gegenteil zu Graf Alloy!
FLÜSTER
FLÜSTER
Hört mal, ihr zwei!
Ihr solltet euch bei Mikado bedanken.
Mit seiner Arbeitsmoral erspart er uns nämlich Überstunden.
Oh ...
Da ... habt Ihr recht.
MURMEL MURMEL
Ähm ... dann ...
... nichts für ungut, Mikado.
Vielen Dank für alles ...

じっ…
STARR
Äh?
W... Was ist?
Bitte zieht die Vorhänge hinter euch zu.
Sonst verwelkt die Pflanze.
Herrgott!
Jaja, schon dabei!
SRRRT
Los, an die Arbeit!
SCHWEIG

Eri, beeil dich!
Ich komm ja schon!
Oh, Mikado ...
Eri!
Was ist denn los? Ist was passiert?
Ah, entschuldige!
...
Ist dort nicht ... Graf Alloys Zimmer?
TAPP
Nein, das kann ja nicht stimmen.
Aber heute ...
... war es so ...
... als ob er ...

GATSCHAK
KNARZ
SWUPP
Niemand weiß ...
... von unserer geheimen Beziehung.

Du bist spät dran, Mikado ...
Tut mir leid. Ich werde sofort Wasser aufkochen.
TOCK
Ein heißes Bad wird mi...
Nein.
Komm her.

Willkommen zurück, Alloy.
Ja.
Schön, wieder hier zu sein, Mikado.
Ich hab dich vermisst.

KNARR
KÜSS
KNARR
...
Mikado, noch nicht ...
Statt ein Bad zu nehmen ...

Auf der langen Reise …
… habe ich sehr drunter gelitten, nicht von dir berührt werden zu können.
… solltest du dich lieber erst ordentlich um das hier kümmern.
Hn …
FUPP
Hast du es dir nicht selbst gemacht?
Hn …
…
Und ich hab mich gefragt, ob du das nicht lieber machen möchtest …
…
…
Hah …
Das ging nicht.
Ich war ja nie allein.

Was hast du damit bezweckt?
War das ein Vorwand, um mich zu sehen?
Nein ... Ich habe nur meine Arbeit getan ...
Ich hätte nicht gedacht, dass du mich vor aller Augen zur Rede stellen würdest ...
Ach, das vorhin hat mich nur überrascht.
Hm?
He ...
...
Da musste ich einfach fliehen.
Aber deine Augen waren voller Leidenschaft.
Ach ja ...?
Nach wie vor hat keiner bemerkt, was zwischen uns ist.
Also alles gut.
Davon ...
... weiß niemand außer dir, Alloy.

Ja, wirklich?
Ha ha …
Die haben alle keine Augen im Kopf …
REIB
Auch ohne dass ich's dir sage …
Hah …
… weißt du ganz genau, was mir gefällt.
…
Hn …
Hah …
…
Ah …
…
Hah …
Gn …
FUPP
Ah …!

Ah!
...
ZUCK
Gn!
Ah ...!
Hah ...!
Hah ...
Hat er ...
He, Mikado, du auch ...
...
... noch nicht genug ...?
Hm?
Ah!
Ah ...!

Das …
Gn …
Ah!
SAUG
SRRLP
Das fühlt sich so gut a…!
KRIEK
Oh, verdammt! Ich komme …
… noch mal …
Hah …
…
Nur zu.
Gib mir alles.
KRIEK
Ah!
Aaah …!

Hng
...
ZITTER
Haah
...

Schlaf ruhig.
Ich werde dich sauber machen.
Gut ...

Woah, eeendlich!
Ich bin wieder zum Leben erwacht!
Zu Hause ist's doch am schönsten!
Reisen ist einfach das Schlimmste!
Alloy.
Gib mir mal deine Hand, damit ich deine Nägel pflegen kann.
Alle beobachten mich ständig, das laugt mich total aus.
Auch wenn ich voller Sand bin, muss ich gelassen bleiben ...
Außerdem gibt's sofort Verletzte, sobald ich den Blick abwende.
Besonders dieses Mal mit all den Neulingen ...
Nanu ...?

Alloy.
Hast du dir die Nägel selbst gekürzt?
Ah, das …
Nein.
Das war einer der Jüngeren.
Ich hatte nur einen gefunden, der brüchig ist.
…
Weißt du, Mirado …
Ich wollte ihm eigentlich auch erst sagen, dass er sie nicht anfassen soll.
Schließlich bist du derjenige, der meinen Körper immer wieder in Ordnung bringt.
Aber das konnte ich ja nicht sagen, sonst würde diese Beziehung doch auffliegen, oder?

Oder hättest du kein Problem damit, wenn sie ans Licht kommen würde?
...
Nun ...
Hm?
ZIEH
ZUPP
Oooh ...
Woher diese plötzliche Kühnheit ...?
Nun ja, es ist ja schon wieder ein Weilchen her und ich hab überhaupt ni...

Ein Schlaf-anzug?!
Hä?! Bringst du mich etwa schon ins Bett?!
Du musst doch sicher auch morgen früh aufstehen.
Och nööö … Ich habe noch nicht genug getrunken …
Schluss jetzt. Komm her.

Alloy.
Was uns betrifft ...
Sag es bitte niemandem.
Es wäre schön, wenn diese Seite von dir mir allein vorbehalten bliebe.
Tch.
Nun ja, stimmt schon.
Wenn unsere Beziehung bekannt würde, wäre das in vielerlei Hinsicht ein Riesenskandal.
Außerdem wären viele verdammt überrascht ...
... dass dieser Mikado ...
... in Wahrheit mit solch sanfter Stimme ...

... mit mir ...
Ja ...
Das sollten nur wir beide wissen.
Außerdem ...

... könnte ich sicher nicht länger in Alloys Nähe bleiben ...
... wenn diese Beziehung bekannt würde.

DIE ZWEITE NACHT

Boah, bin ich fertig ...
Ich hab gestern zu viel getrunken.
Huaah!
Oh!
Ko... Kommandant!
BONKS
Ich frag mich, ob wir nach der Expedition einen Tag freikriegen.
... denn heute kommt *sie*.
Ah, aber pass nachher ein bisschen besser auf ...
Kein Problem.
Schon gut, schon gut!
Oh nein, der Dreck ...!
Bitte entschuldigt vielmals!

Sie ...?
Du Idiot! Wir haben doch gleich die Expeditionsbe-sprechung!
Und Markgräfin Aram wird auch anwesend sein!
LÄRM
LÄRM
Es wäre zu schade, Exportware daraus zu machen, daher sollten wir zuerst ...
Ja, aber diese Familie zu lange warten zu lassen, wäre auch nicht gut.
KLAPPER
KLAPPER
Markgräfin von Frauburg
Makito Aram
Die Qualität ist dieses Mal wieder erstklassig, nicht wahr?
Ah ...!
SCHEPPER

ポタ…
TROPF
…
!!!!
O... Oh mein Gott!
Ich bitte vielmals um Verzeihung, Markgräfin Aram ...!
Nimm das hier zum Aufwisch...
Oh!
WACKEL
Oh nein ...!
バシャ
SPLOSCH
Jetzt auch noch Graf Alloy?!
Schon gut ... Wisch das dort einfach weg.
ワー
WAAAH
Ah, vielen Dank, das ist eine große Hilfe!

Nun, es ist schon in Ordnung.
Ich bitte um Ertschuldigung, meine Damen und Herren.
Euch auch, Mutter.
VERBEUG
...
Aber die Gläser sind das eigentliche Problem, nicht wahr?
Äh, ah ...
...
Hör bitte auf, mich hier so zu nennen, Alloy.
Also dann, fahren wir fort ...
Ha ha ...
Mutter!
Kehrt Ihr schon wieder zum Anwesen zurück?
Ich werde Euch bis dorthin begleiten.

Du hast das Glas vorhin doch absichtlich umgestoßen.
Dachtest du etwa, ich würde wegen der Zofe in Zorn geraten?
Wie immer machst du dir sogar ums Personal viel zu viele Gedanken.
Nein, nein, das ist ...
Du solltest dir endlich bewusst werden, dass du der Erbe der Familie Aram bist.
Und außerdem ...
... ist mir zu Ohren gekommen, dass du den festlichen Empfang gestern Abend frühzeitig verlassen hast.
Mit wem warst du zusammen?
Doch nicht etwa wieder mit Mikado ...?
Ach was!

Gestern habe ich allein an meiner Magie gefeilt ...
Dafür sind deine Fingernägel aber sehr schön gepflegt.
Ich bin eben äußerst geschickt.
Das wisst Ihr doch.
...
Nun gut, wenn du das sagst.
Komm bitte zu unserem Essen heute Abend.
Alle Berater werden dabei sein.

…
SCHWANK
Ein wichtiges Essen …
Heute Abend?
DONK
Urgh, bitte nicht …
Ich hab mich doch noch nicht mal richtig von der Reise erholt!!
Ich will nach Hause …
Warum muss es schon wieder einen Empfang für die Alten geben …?
Schlimmer geht's echt nicht.

...
Hach, ich werde mein Bestes geben ...
Mikado?
Was guckst du denn so?
Oh, dort ist Graf Alloy ...
AH!
... und Markgräfin Makito.
OOOH
...

Kommt ihr nicht gut mit der Markgräfin aus?
Nicht gut auskommen ...? Na ja ...
Wir haben alle Angst vor ihr.
Sie ist zwar nur eine Markgräfin, aber so ziemlich die mächtigste Person hier, oder?
Und ihr Auftreten unterscheidet sich völlig von Graf Alloys ...
Na ja, so unheimlich ist sie gar nicht.
Nicht wahr, Mikado?
Wie war sie denn zu Hause, als du ein Kind warst?
Hm ... Nun ...
Für mein Empfinden ist sie uns beiden mit der gleichen Aufmerksamkeit und Fürsorge begegnet.
Hö? Was meinst du damit?
Ach, wisst ihr das etwa nicht?
Mikado ist in der Familie Aram groß geworden.
Waaas ?!
Also bist du mit Graf Alloy verwandt ...?!
Nein, das bin ich nicht.

Ich war eines der Waisenkinder, die von den Arams aufgenommen wurden.
Er hat sich als so herausragend erwiesen, dass er es bis in den Staatsdienst geschafft hat.
Hört ihr überhaupt zu?
Ich gehe schon mal vor.
Woah, jetzt bin ich echt baff ...
Aber dafür ist seine Distanz zu Graf Alloy doch ziemlich ...
Vielleicht bestehen ja doch Unterschiede durch die Herkunft?
Genau.
Wir haben eine unterschiedliche soziale Stellung.

Es gab eine Zeit ...
... da lag ich tagelang nur hungrig da.
Ich hielt nur das Erinnerungsstück an meine Mutter fest in der Hand.
MIAU
KRATZ
KRATZ

Ah, das Brot ...
Ich hab nur noch ein Stück ...
Lass es uns teilen.
Als mir das Brot ausging ...
... tauchte die Katze nicht noch einmal auf.
Meine Mutter, die ich die ganze Zeit gepflegt habe, ist nicht mehr da.
Niemand braucht mich mehr.
Wofür bin ich dann überhaupt noch hier?

Wofür lebe ich?
BAMM
KNARZ
Ist er tot?
Nein, noch nicht.
Was ...?
Wer ...?
Komm schon, stell dich ordentlich hin.
Spann deine Beine an.
Du hast genug Brot und Suppe gegessen.
Immerhin stellst du dich gleich bei Markgräfin Makito vor.
Sie ist einflussreicher als der König.

Du bist Mikado, nicht wahr?
Ich habe gehört, dass Elena verstorben ist. Entspricht das der Wahrheit?
Mama …
NICK
Von heute an wirst du hier leben.
AH HA HA
TRAPP
TRAPP

So strah-lend …
Was ist das hier …?
Jeder Einzelne wirkt so vollkommen zufrieden.
Auch hier scheint es keinen Platz für mich zu geben.

Wie es aussieht, hat er hier das Sagen.
Selbst die streunenden Hunde in der Gegend wissen das.
Er ist der geborene Anführer.
Ob Erwach-sene oder Kinder, alle folgen ihm.
Ein perfekter Mensch in einem perfekten Zuhause.
Es gibt tatsächlich jemanden, der einfach alles hat.
Das dachte ich zumindest ...
... bis zu jenem Tag.

Sandra.
Jay ist hinge-fallen.
Ach herrje.
Vielen Dank, junger Herr.
Na komm, sei brav ...
... und wein nicht mehr.
...?
Vom Essen bis zur Dekoration, alles muss perfekt sein!
GATSCHAK
KLAPPER
Uns läuft die Zeit davon!
TRAPPEL
TRAPPEL

Ah, warte! Diese Blumenvase geht nicht.
Morgen findet kein gewöhnliches Bankett statt.
Gut, ich schicke ihn eine passende holen.
Alloy!
Ja!
RATTER

ガタン
RATTER
...
Das hier ist doch ...
... die Ahnengalerie der Familie Aram.
Wenn jemand wie ich da reingeht, gibt's bestimmt Ärger ...

Ah, da ist er.
...?
Warum bewegt er sich nicht ...?
TOCK
...
Ähm ...
Aaaaah ...!!!
FLUMP

POCH
Tu…
Tut mir leid, ich …
… wollte nicht …
Ah!
War …
…
…te …
Brauchst du etwas aus diesem Zimmer?
NICK

Dann lass uns zusammen hineingehen.
DRÜCK
Die Gemälde in diesem Zimmer … jagen mir Angst ein.
Besonders nachts.
Aber so was über die ehrenwerten Großväter zu äußern …
Vor allem ich darf das nicht.
Mikado, hast du denn keine Angst?
Überhaupt nicht …
Denn wenn ich eine dieser Persönlichkeiten wäre …
… würde ich meinem eigenen Enkel doch nichts Böses antun.

Öhm ...
Wenn ich Unfug anstelle, dann vielleicht ...
Wie kommst du darauf?
Dann mach das nicht.
RATTER
Waaah !!!
KLAMMER
E... Es ist alles gut.
Das war nur der Wind.

Alles ist in Ordnung.
Ich bin ja da.
GATSCHAK
Du hast es geschafft!
Hah ...
Ja.
Dann lass uns zurückgehen.
Das ... Wenn ich diese Vase ...
... fallen lasse und sie zerbricht, wird's richtig übel für mich.
Gott sei Dank hab ich sie heil hergebracht ...
Ja.
Das hast du gut gemacht.
Ha ha.
Aber ich hab mich ...
... schon ein bisschen erbärmlich verhalten, was?

SCHRECK
...!
Entschuldige!
Ich fasse dich nicht mehr an!
Verdammt! Was soll ...?
Mach ruhig.
Du darfst mich ruhig streicheln.
Aber das bleibt unter uns.

Das ist unser Geheimnis.
Ich ...
... dachte, du hasst mich.
Weil du mich immer so anstarrst.
Äh ... I...
Ich habe dich ni...
Ha ha.
Ja, jetzt verstehe ich es.
Du hast mich nicht aus Abneigung angestarrt, sondern ...

Danke, dass du mich begleitet hast.
Also dann ...

Jeder möchte die Hand nach dir ausstrecken ...
... vom ersten Moment an, in dem er dich sieht.
Bei mir war es genauso.
„Du hast mich nicht aus Abneigung angestarrt, sondern ...“
Er hat es also bemerkt.
KRIEK
Ich hätte ...
... keine so schamlosen Gedanken ...
... über dich haben dürfen ...
Warum nur ...?

BLINZEL
Ah ...
Hab ich dich geweckt, Mikado?
Tut mir leid.
Ich bin müde ... Schon jetzt ist dieser Tag furchtbar ...
Mein Gesicht ist von diesem ständigen gezwun-genen Lächeln schon total verkrampft ...
REIB
KNARZ
Komm her.

Du bist so warm ...
So ange- nehm ...
Weck mich morgen ...
...
zzz
MIAU

Die Katze …
… die damals sofort verschwunden ist.
Ich möchte dich jetzt noch nicht loslassen.
Ich möchte noch bei dir bleiben.
Bei dir, dessen Welt sich von meiner unterscheidet.
Wie lange werde ich wohl noch an deiner Seite sein können?

DIE DRITTE NACHT

ギィィ…
KRIIIEK
KLACK
Ähm ...
Oh,
du bist ja
auch hier,
Mikado ...
Nanu?

Irgendwas ist anders als sonst ...
?!
Halt bitte ...
... kurz still.
Ah, wie ich es mir dachte.
In deinem langen Haar hat sich ein Blatt verfangen ...
Tut mir leid, ich konnte es nicht richtig sehen ...
... und wusste daher nicht, ob es sich um Unrat oder Schmuck handelte.
Ha... Hab ich mich erschrocken ...!
Entschuldigung, meine Brille müsste hier irgendwo liegen ...
Ah, da ist sie.
POCH
POCH

KLACKER
Oh? Aber warum hat er ...
... seine Brille überhaupt abgenommen und an so einem Ort abgelegt ...?
TOCK
Oh Mann, deine Ausdrucksweise ...
Ob „Unrat oder Schmuck“ ...
Du hast echt kein Feingefühl, mein Lieber.
Wah! Graf Alloy ...
Außerdem finde ich, dass Blätter als Haarschmuck auch süß aussehen.
LÄCHEL
Oh ... J... Ja.
Das stimmt. ...
...

Tschuldigung!! Vergiss, was ich grade gesagt hab!!
BITTE!!
Suchst du hier nach irgendwas?!
Äh?!
Ah, ja! Nach dem Rechnungsbuch von vor drei Jahren ...
Und Ihr, Graf Alloy?
Ich besprech grade mit ihm hier ...
... das Budget für die nächste Reise.
Das dauert noch etwas.
Geh ruhig schon vor.
Ah ... In Ordnung. Also dann ...
VERBEUG
...

Ich glaub, sie steht auf dich, Mikado.
Hm? Ausgeschlossen.
...
Eine verblüffend kühle Reaktion ...
PEINLICH BERÜHRT
Haaach ...
Mit ihr hat man's echt nicht leicht ...!
Oh Mann, Mikado ...
Um Konkurrenz muss ich mir bei dir echt keinen Kopf machen.
Alloy.
Ist es in Ordnung, wenn du noch etwas hierbleibst?
Ja, noch ein bisschen ...
Lass uns das von vorhin fortsetzen.

KLACKER
RATTER
Hn ...

Hah ...
DRÜCK
!
Ah ...
Alloy, warte ...
...
Bleib ruhig ...
DRÜCK
Es könnte wieder jemand kommen.
Hnn ...

...
Hah ...
Komm ...
... heute Nacht in mein Zimmer.
Das Buch über neue Techniken ist angekommen. Ich will, dass du es liest.
Alles klar ...
...
Na gut, dann ... geh ich als Erstes.

Kommst du dann wie immer ...
... ein bisschen später raus?
Ja.
GATSCHAK
SEUFZ

Wie lange ...
...
... kann dieses Geheimnis wohl noch bestehen bleiben?

GATSCHAK
Alloy.
Was ist los? Du bist spät dran heute.
Shh!
Lass das Licht aus.
Scheint so, als würde ich doch beobachtet.
Was ...?
Die Butler und die Lehrer sind seit Kurzem echt nervig.
Zugegeben, meine Noten haben sich ...
... in letzter Zeit ein wenig verschlechtert, aber ...

... das liegt nicht unbedingt daran, dass ich mit dir zusammen bin ...
...
Also, was wir morgen lernen sollen ...
Ich lese es dir jetzt vor.
Also hör zur Vorbereitung gut zu, ja?
Hä?
Kannst du denn ohne Licht was erkennen?
Ja, kein Problem.
Mein voriges Zuhause war hundertmal dunkler.
Oha ...
Aber wenn man abends im Bett liest, bekommt man schlechte Augen ...
Schon gut. Das macht mir nichts aus ...

Ich kann mir schon vorstellen, welche Fragen kommen werden.
Weil dieser Lehrer immer das Gleiche macht.
Was? Wirklich?!
Es hat Spaß gemacht, Zeit mit Mikado zu verbringen.
Obwohl er mir immer hilft ...
... tut er so, als wüsste er von nichts, damit es keinem auffällt, und das finde ich amüsant.
Er weiß vieles, von dem ich keine Ahnung hab.
HATSCHI!
Nanu? Wo ist denn deine Jacke?
In der Scheune?
Oje ...
GRACK

Mikado, was ...?
KRACK
Gestern war sie noch offen.
Soll ich den Schlüssel holen?
Aber dann würde auffliegen, dass wir gestern heimlich reingegangen sind.
Lass mich es versuchen.
KRIEK
So, sie ist offen.
Oooh!
Un-fassbar!
Wie hast du das gemacht?!
Zauberei?!
Das bleibt mein Geheimnis.
Sagt es bitte niemandem.
Ah ha ha ...
KICHER
Herrgott, was für ein Kind!

Wie kannst du so etwas auch noch vor den anderen tun?!
Welch unfeines und diebisches Verhalten ...!
Mit Draht ein Schloss knacken, das ist wirklich ...!
Graf Alloy, kommt bitte her!
An solchen Dingen erkennt man eine schlechte Kinderstube ...!
Erwachsene verstehen wirklich überhaupt nichts.
Haltet Euch eine Weile von ihm fern.
Je länger ...
... ich von ihm ferngehalten wurde, desto mehr sehnte ich mich danach, ihn zu sehen.

Ich musste mich sehr, sehr anstrengen ...
... in langen Nächten.
Denn von mir wird erwartet, dass ich alles kann.
Weder durfte ich weinen ...
... noch wegrennen ...
... wenn ich etwas nicht konnte.
In Wirklichkeit hab ich dich beneidet.
Wenn ich meine Verletzlichkeit nur auch so frei und nach Belieben zeigen könnte ...
... wäre ich sicher in der Lage ...
RATTER

Es gibt niemanden ...
... der mich so akzeptiert wie Mikado.
Er bleibt extra wach ...
... und wartet immer noch auf mich.

Genau wie in meiner Vorstellung …
… fühlte es sich gut an, gestreichelt zu werden.
Aber warum nur …?
Die Wärme …
Langsam fing mein Körper an zu kribbeln …
RASCHEL
Hn …
Irgendwie …
… die von seinen Augen und seiner Handfläche ausging …

KNARR
Alloy?
Was ist los? Du fällst fast hin- unter.
ZIEH
Ah!
N... Nein, ni...!

Tu... Tut mir leid!
KRIII
Hmm ... In letzter Zeit stimmt was nicht mit mir.
Vielleicht ist es irgendeine Krankheit ...
Aber da es immer wieder normal wird, wenn ich schlafe ...
Huh?
Kö... Könnte es sein, dass du das noch gar nicht weißt ...?
Lebt er echt so hinterm Mond ...?
Was?
Alloy, das ist keine Krankheit ...
... sondern etwas ganz Normales.
Was Normales?
Dann hattest du das auch schon mal, Mikado?
...

Ja …
Sieh, sogar jetzt ein bisschen …
Hä?
Oh …!
POCH
POCH
Stimmt …
RASCHEL
Kann es sein …
… dass du grade dasselbe fühlst …?
Was machst du, wenn es bei dir so ist?
Sag's mir.
Was?
D… Das ist …
… aber …
…
Darf ich dich dort anfassen?
!

...
Ja.
Fass mich an ...
ZUCK
STREIF
Hn ...
GLEIT
Oh?
Ah ...!
ZITTER
...!
Uah!
Ah ...!

Hm? Wa...?
Hah ...
Hah ...
Ah!
M... Mikado ...
PACK
Das bringt ...
... ir-gendwie nichts ...
Ah ...!
Hab noch etwas Geduld. Du ...
... wirst dich gleich richtig wohlfühlen.
Ja ...
Gut.
... Darf ich ...?
ZITTER
... Hah ...
REIB REIB
FAPP
FAPP
Ah!
...

ZUCK
Gnnn ...!
...!
Ah ...!
... Alloy.
ZUCK
ZUCK
Alles gut ...?
Ah ...
Mikado ...
Was ist das ...?

Es tut mir leid, Alloy ...
... Wofür entschuldigst du dich ...?
...oy.
...lloy.
SCHRECK
Graf Alloy!

Graf Alloy, ähm ...
Wir benötigen hierfür Eure Genehmigung.
Verdammt!
Gut.
Entschuldigung, ich war in Gedanken.
Seid Ihr müde?
Soll ich Euch vielleicht einen Tee kochen ...?
Nein, danke. Ich hole mir selbst einen.
RATTER
Willst du auch einen?
Hm? Nein, das ist wirklich nicht nötig ...!
Sicher?
Ob's ihm wohl gut geht?

Oh, da! Graf Alloy!
SEUFZ
Dass mir so was passiert ...
ざわ
RAUN
Vielleicht liegt es am Schlafmangel ...
... dass ich mitten am Tag von einer schlüpfrigen Erinnerung träume ...!
Seitdem ...
... hat Mikado mich immer wieder berührt.

Aber eigentlich reicht mir das schon lange nicht mehr.
Ich fühle mich einsam ...
Auch wenn ich ...
... seitdem viel dazugelernt habe.
Selbst heute schaut er mich mit so einem Blick an.
Aber Mikado bleibt am Ende doch immer gelassen ...
Heute Abend endet es dann wieder damit, dass nur ich mich beruhigen muss.
In Wahrheit ...
... möchte ich ...
... dass wir uns noch länger als bisher in den Armen liegen ...
Aber ich habe Angst, dass er sich zurückzieht ...
... wenn ich noch mehr verlange, also kann ich es nicht sagen.

Wie lange ...
...
... werden wir wohl noch so weiterma-chen?
Wie lange muss ich noch durchhalten?
Entschuldigt bitte, Kom-mandant.
Ich gehe schon mal ...
Ja, danke für deine Arbeit.

KLACK
ガチャ
FSSH
TRAPP
TOCK
TOCK
TOCK

Mutter ...
Hä?!
SCHRECK
Huh? Warum ist sie hier?
War heute irgendwas?
...
Verdammt, ich kann mich überhaupt nicht erinnern.
Dann bleibt mir wohl nichts anderes übrig, als wenigstens kurz Hallo zu sagen ...
...
SWIFF

Äh,
was?!

Gold und Silber
flüstern in
der Nacht

Guri Nojiro

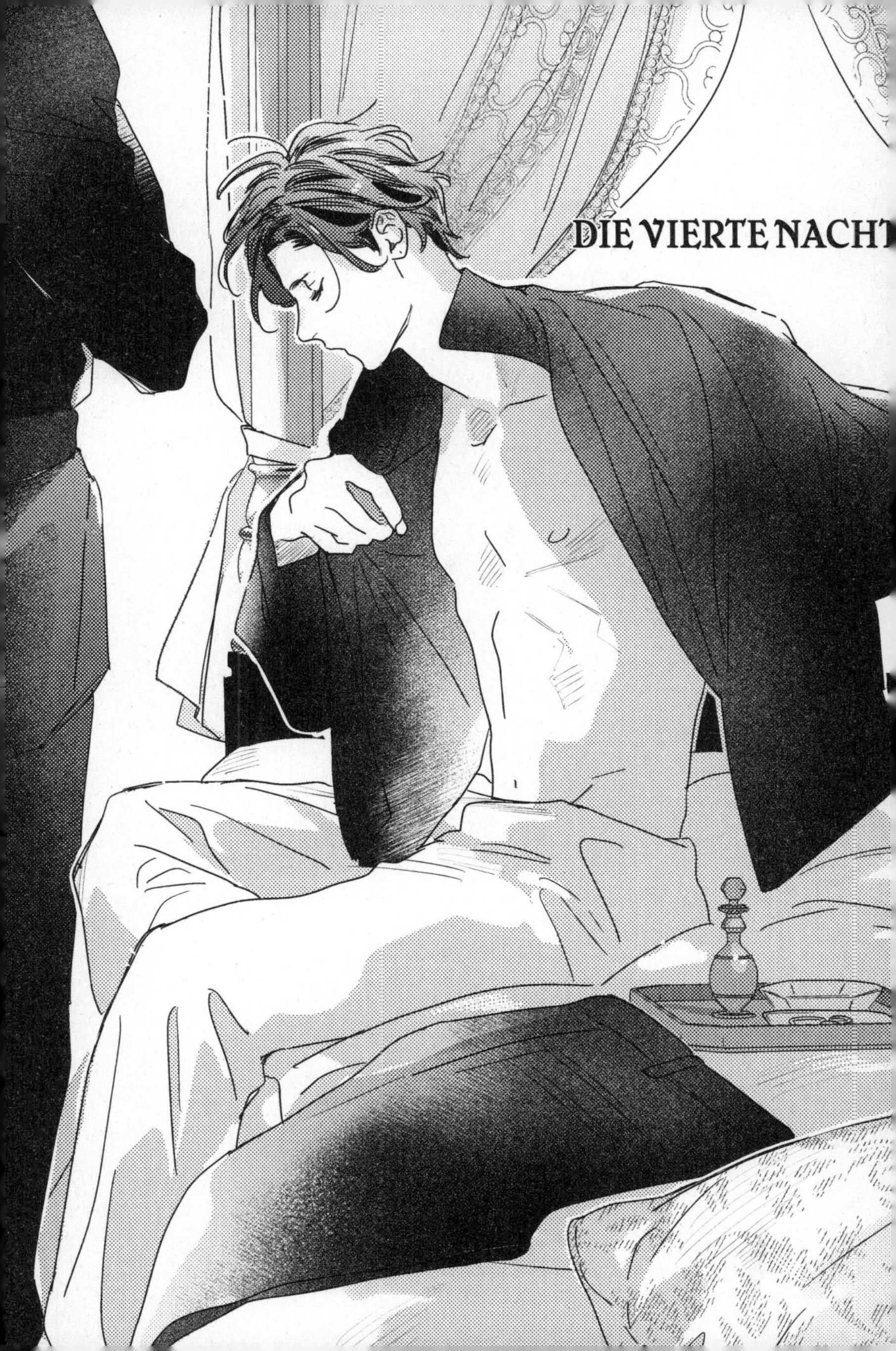
DIE VIERTE NACHT

Ein Heiratsangebot?
So ist es, Mikado.
Es gibt ein gutes Angebot für dich.
…
… Was?
Ähm …
Mi-kado.
Nimm es schnell an.
Ah …!
Ähm, es tut mir leid, aber …
… das kommt etwas plötzlich …

Was redest du da?
Du bist bereits 22 Jahre alt.
Es ist fast schon zu spät.
...
Und was ist dann mit Alloy ...?
Ich glaube, er ist ein Jahr älter als ich ...
... also sollten solche Dinge doch eigentlich zuerst ihn betreffen ...
Ja, das stimmt.
Aber er befindet sich in einer schwierigen Lage ...
... sodass sich derlei Angelegenheiten komplizierter gestalten.
...
Also, Mikado?
Es ist nur zu deinem Besten.

Und außerdem zu meinem.
Elena war … meine Freundin.
Wenn du heiratest …
… wirst du das Schloss verlassen müssen.
Das wäre wahrscheinlich ohnehin besser, als für immer hier als Untergebener weiterzuarbeiten.
Dabei ruinierst du dir nur die Augen.
ZUCK
Sonst … Mikado …
… wirst du mit Alloy …
Nein.

Ich habe verstanden …
… und werde darüber nachden-ken.
KLANK
…?
Dann hoffe ich auf eine positive Antwort.
…

Hach ...
Ein Heiratsangebot für mich ...
Ich muss mir etwas überlegen ...
... wie ich höflich ablehnen kann ...
FLAPP
...
...
... ...
...
Verdammt!
Egal, wie oft ich es lese, es bleibt nicht hängen.
Es ist mir auch völlig gleich ...
SEUFZ
Mikado, deine Augen ...
... sind tatsächlich schlechter geworden, oder?

Sieht das seltsam aus?
Nein, gar nicht. Sie steht dir.
Aber meinetwegen hast du jetzt ...
Das ist überhaupt kein Problem.
Ich mache das, weil ich es wirklich möchte.
...
Nun, dann ...
... geb ich dir auch was.
Gibt es was, das du dir ...
... als Wiedergutmachung für deine Augen wünschst?
Ob ich mir etwas wünsche?
Ja ... denk mal drüber nach.
Danach habe ich ...
... drei Tage darüber nachgedacht ...
... aber es gab nichts mehr, was ich mir hätte wünschen können.

Es reicht mir schon, dass du heimlich zu mir ins Bett kommst.
Auch wenn du erwachsen wirst ...
... für immer und ewig ...
So ein Wunsch ...
Ich wünschte ...
... du würdest dich einfach für immer so an mich schmiegen.
FLAFF
Mikado?
Heute Morgen geht es ziemlich gemächlich zu ...
GATSCHAK
... kann doch niemals in Erfüllung gehen.

Die beiden ...
... sollten besser nicht mehr in der Nähe des jeweils anderen sein.
Zweifellos hat er einen schlechten Einfluss auf Graf Alloy ...
Vielleicht wäre es besser, Mikado woanders hinzuschicken.
BATAMM
Mikado ...!
Alloy, wurdest du bestraft?
Tut mir leid, ich ...
Was sollen wir nur tun ...?!
Vielleicht werden wir uns nie wiedersehen!

Dich einfach woanders hinzuschicken ...
So was ...
Hach ...
Ohne dich ...
... will ich auch nicht mehr hier sein!
Alloy ...
Lass uns von hier abhauen.
RATTER
POLTER
RATTER

POLTER
ガタ
ゴトッ
ゴト
RATTER
RATTER
Sobald wir in der Stadt sind, steigen wir ab und rennen los.
RATTER
Ja ...
POLTER
Beein-dru-ckend.
Das hat wirklich gut ge-klappt.
DRÜCK
Ich mach so was ...
... zum ersten Mal ...
Fühl mal, wie aufgeregt ich bin.
Wah ...
Total.

Am Anfang war es wirklich sehr auf-regend.
Man wird uns sicher suchen kommen, also ...
... wär's besser, wenn wir uns unter die Leute mischen.
Ja ...
Ist das dein Typ Frau, Mikado?
Ah!
Äh, nein, so ist das n...!
Ach nein ...?
Wirklich nicht!
...
Sie hat mich ...
... nur an meine Mutter erinnert.
...
Ach so ...

Sie war also eine Schönheit.
Ja ...
Sie war ein fröhlicher und offenherziger Mensch.
Ich wusste von Anfang an nicht, wer mein Vater war ...
... da er nicht da war, aber ...
... auch zu zweit war es schön.
Eines Tages wurde sie dann krank ...
Ach so ...
Das ist wirklich traurig.
Nein ...

DRÜCK
Jetzt geht es mir gut.
...
Vielleicht ...
... sollte ich auch so was tragen ...
ERRÖT
Was, denkst du, würde mir das gut stehen?
Hm? Ähm ...
Das vielleicht?
Obwohl ...
An dir sieht doch alles gut aus, egal, was du trägst ...
Was?
Äh ... Ähm ...
Was sagst du denn da ...?
GRINS
GRINS
Mikado, echt jetzt ...
Ist das allen Ernstes deine Wahl?
Oh ja!
Die sind ja ziemlich am Rumturteln ...

PLITSCH
PLATSCH
PRASSE
Wah, so plötzlich ...
PLATSCH
PLATSCH
STARR
Ah ...
Fallen wir auf?
FLÜSTER
Ja, vielleicht wegen unserer Kleidung ...
Ah ... Sieh mal, Mikado, leihen wir uns das da.
Es wird kalt, da könnte das genau das Richtige sein.
RASCHEL
Ah ...
In Ordnung ...
Lumpen stehen dir überhaupt nicht.
Was sollen wir ...
... denn jetzt machen ...?

…
Hast du Hunger, Mikado?
Hm, ja.
Gut, dann lass uns was essen gehen.
LÄRM
LÄRM
LÄRM
KRIII
Oh?
Was tut ihr Kinder zu so später Stunde hier?
Bettler … seid ihr definitiv nicht.
Wenn man genau hinsieht, seid ihr anständig gekleidet.
In letzter Zeit gibt's auch echt weniger Bettler in den Gassen.
Ja, das haben wir der Familie Aram zu verdanken.

Die Exporte aus dieser Gegend hängen stark von der Magie dort ab.
Der Sohn soll ebenfalls ein talentierter Magier sein.
Dann wird diese Stadt wohl noch eine Weile sicher sein.
Mikado, lass uns gehen.
Oh, he, ihr beiden ...
PRASSEL

Alloy, ist dir kalt?
SCHÜTTEL
Was sollen wir nur tun?
Eine Unterkunft ...
Aber ob sie uns dort allein übernachten lassen, ist fraglich ...
Eigentlich hätte es mir klar sein müssen.
Es bringt nichts, es so zu versuchen.
Ich hätte die Dunkelheit und die Kälte hier ...
... doch tief in meinem Inneren spüren müssen.
Ich hätte Alloy niemals an einen Ort wie diesen bringen sollen.
...
Mika...
...
SCHRECK

Hör mal.
Die Stimme gerade …
Ah … Die …
… gehört zur Familie Aram …
…!
PLATSCH

Alloy.
Du hast etwas sehr Dummes getan.

Du und Mikado seid nicht gleichgestellt.
Hör auf ...
... ihn mit deinem Egoismus zu belasten.
Nein, so war das nicht.
Ich war doch derjenige, der ihn von hier wegbringen wollte.
Sie lassen mich nicht einmal neben ihm stehen.
Wir erhielten keine allzu harte Strafe, als wir zurückkamen ...
... und ich durfte einfach im Anwesen bleiben.

Hatte Alloys Ausreißen etwa einen so großen Schock hinterlassen?
Vielleicht hatten die Menschen um uns herum Angst ...
... dass wieder etwas passieren könnte, wenn sie uns provozierten.
Aber er stand strenger unter Beobachtung als je zuvor.
Alloy kam ...
... nachts nicht mehr in mein Zimmer geschlichen.

Nein, Alloy kommt nicht mehr her …
… weil ich damals …
…
Habe ich dich vielleicht enttäuscht, weil ich nicht bis zum Ende bei unserer Flucht geblieben bin?
Oder bist du erleichtert, wieder hier zu sein?
Jetzt treffen sich nicht einmal mehr unsere Blicke.

Wenn ich ...
... mitten in der Nacht aufwache, liegt Alloy neben mir.
Manchmal habe ich so etwas geträumt.
Drei Jahre später

Markgräfin Makito.
Ich bin es, Mikado.
Komm herein.

PACK
!
Alloy ...
I...
Ich habe gehört, dass du auch hoch ins Schloss gehen willst.
Äh ... ja.
Ich dachte wirklich ...
... dass du von hier weggehen ...
... und in der Stadt leben würdest ...

Ich wollte ...
... so nah wie möglich bei dir sein.
...
Es tut mir leid, aber es wäre schon genug, dich einfach nur sehen zu können ...
... und wenn auch nur aus der Ferne ...
Verzeih mir ...
... bitte.

Ich …
… hab die ganze Zeit versucht, stark zu bleiben …
… und nicht mehr so abhängig von dir zu sein …
… um dir nicht zur Last zu fallen …
Das wird niemals passieren …

Das ist aber ein schönes Zimmer.
So ruhig und geräumig, obwohl es in der Nähe des Dienstgebäudes liegt.
Das stimmt.
PLUMPS
ボフ
Hier kommen auch nicht viele Leute vorbei.
Ein Privileg als Sohn der Familie Aram.
He he he.

DÖS
Und damit du leichter vorbei-kommen kannst ...
... wenn du im Schloss zu tun hast ...
Alloy ...
Wenn du so schläfst, wird deine Kleidung zerknit-tern.
Hmm ... Dann zieh sie mir doch aus.
Er sieht plötzlich so glücklich aus ...
Verwöhn mich für die drei Jahre, in denen wir getrennt waren.
Los.
...
In Ord-nung.
Steh kurz auf ...
Waaah!
PACK
He, Alloy ...!
Meine Brille wird noch ...
He he he.

Seitdem …
… habe ich ihn immer wieder regelmäßig aufgesucht, solange es mir möglich war.
Obwohl er eigentlich nicht der Typ Mensch ist …
… der sich ständig versteckt oder Geheimnisse hat …

„Ich werde darüber nachdenken."
Das liegt nur am Schlafmangel …
Alloy?
Irgendwie siehst du blass aus …
Mikado …
„Hör auf, ihn mit deinem Egoismus zu belasten."
Du, lass uns noch einmal …
… zu zweit …

Nein, schon gut ...
Du kannst ruhig schon nach Hause gehen.
Ich muss mich auf die nächste Reise vorbereiten ...
Hm?
Dann werde ich ...
Nicht nötig, das mach ich selbst.
KRIII
Sorry, ich leg mich für heute hin.
GATSCHAK
Vielleicht ist ja jetzt die Zeit gekommen ...

Ich bin so müde ...
Haaach ...
Wenn Graf Alloy auf Reisen geht, hab ich einfach keine Motivation meeehr ...
Nicht wahr?! Wann kommt er noch mal zurück?
TOCK
Das steht noch nicht fest.
Sie erkunden wohl eine neue Mine.
Die ...

... bringst du manchmal mit, wenn es ihr nicht so gut geht, nicht wahr?
Was ...?
Nein, mir geht's total gut, egal, ob Graf Alloy auf Reisen ist oder nicht!
Ich bin völlig normal, wie immer!!
Hö?!
Ah, nein, ich sagte nicht *dir*, sondern *ihr* ...!
Sieh nur, die Blätter ...
Sie sehen ein bisschen welk aus.
Ach so ...
Die Blätter ...
Verzeihung ...
Kein Problem ...
Die Blätter ...
Ob er ... seine Zahnbürste eingepackt hat?
Hä?
Und auch Taschentücher ...?
Wie seltsam.
Er hat doch noch nie alles selbst vorbereitet ...
GATSCHAK
ガチャ
Hach, was fühle ich mich ausgelaugt ...

Vielen Dank für Ihre Bemühungen.
Oh, ähm, Mikado ...
Eben nach der Besprechung hat Markgräfin Makito gesagt ...
Was ist los mit euch?
... dass sie bis heute Abend eine Antwort erwartet.
Huh? Was ...?
Oh, geht es etwa ...
...?
...
...
...
ähm ...
... um das Heiratsangebot?
Ja, genau das ...
Ich habe mir extra Mühe gegeben, es zu umschiffen ...
HEIRATSANGEBOT?!
SCHOCK
Ich habe gehört, es sei ein gutes Angebot.
Aber sie scheint aus dem Nachbarland zu stammen.
Wenn du dann nicht mehr da bist ...
Hä? Was, was?!
Mikado, du wirst heiraten?!
BOMM
BOMM
BOMM
Du wirst uns einfach verlassen?!
Wir werden dich so vermissen!
Ich werde nirgendwo hingehen ...

Was? Aber in dieser Angelegenheit ...
... hat Markgräfin Makito höchstpersönlich interveniert ...
Das stimmt, aber ich lehne das Angebot trotzdem ab.
(Woah ...)
... sondern bis zu meinem Tod hierbleiben.
Was ist denn mit dem los ...? Verhält er sich Markgräfin Makito gegenüber etwa auch so?
Deshalb wird er ins Ausland abgeschoben.
Genau.
Ich habe nicht vor, von hier wegzugehen.
Das hatte ich ganz vergessen.
Ich muss irgendeinen Ausweg finden.
Nanu?

Sag mal, sind die nicht von der Magiefakultät?
Sie sind zurück.
Im Ernst?! So früh schon?
Oh, jemand liegt auf einer Trage ...
Ein Verletzter ...?
Ist das etwa Graf Alloy ...?

Gold und Silber
flüstern in
der Nacht

Guri Nojiro

DIE LETZTE NACHT

Selbst wenn ich ihn ...
... nur aus der Ferne sehen kann, ist das genug.
So habe ich immer gefühlt.

Eines Tages ...
... wird Alloy an einen Ort gehen, an dem ich ihn nicht mehr erreichen kann.
Er wird sicher jemanden finden, der besser zu ihm passt als ich.
Deshalb wird dieses Geheimnis ein Geheimnis bleiben ...
Ganz bestimmt, für alle Ewigkeit ...
He, schaut mal ...
Ist das ... ein Verletzter?

RATTER
Eine Trage?
Das klingt nach etwas Ernstem ...
Wer ist es?
Ist das etwa Graf Alloy ...?
Alloy?
RATTER
Wah!
Äh? Was ...?
Mikado?
ZUCK

...
KRAMPF
Ach ja ...
Wenn wir unser Geheimnis wahren wollen ...
... egal, was Alloy zugestoßen sein könnte.
... muss ich hierbleiben ...
Ganz gleich, ob er in Zukunft leidet ...
... oder Qualen durchmachen muss ...
Kann ich dann nur wie immer hier stehen ...

... und muss aus der Ferne zusehen ...?
...
Ah ...
Ähm ...
GATSCHAK
Ah, wart...
Mikado ?!

Was ist denn so plötzlich ...?
Will er vielleicht zu Graf Alloy ...?
Mikado? Aber warum denn?!
Ich weiß es nicht, aber ...
... ich habe Mikado ...
... noch nie so gesehen ...
Aaah.
Verstehe. Also doch ...
Alloy!
Was ist mit Alloy?
Huh ...
Ihr seid doch von der Buchhaltungs-abteilung ...

Was ist mit Alloy passiert? Wo ist er jetzt ...?
Ah, wenn Ihr Graf Alloy meint, er wird gerade im Behand-lungsraum ...
... ärztlich versorgt ...
GATSCHAK
He, wartet! Ihr dürft da nicht rein ...!
Alloy!
BAMM
...
Äh?

Wie steht es um deine Verletzungen?
Was? Mikado? Warum ...?
Meine Verletzungen ...? Ah, das ...
Mir geht's gut. Das hier ist wirklich übertrieben.
Ich bin nur ausgerutscht ...
Der Fuß ist nur leicht verstaucht ...
... aber sie lassen mich nicht auftreten ...
Selbstverständlich nicht!
Undenkbar, wenn der Kommandant verletzt ist!
Ganz genau! Wir würden vom gesamten Schloss zur Rechenschaft gezogen werden!
Das würde sich von unten bis oben durchziehen!
Ah, verstehe. Du bist nur hier, um dir meinen Misserfolg anzuseh...
M... Mikado ...
... warum bist du hergekommen?
Sollte es Euch nicht gut gehen, sagt uns bitte sofort Bescheid!
Wie ihr sehen könnt, geht's mir gut!

Gott sei Dank …
…
Hö?
Was …?
He!
Ihr …
…
Ah!
Mar…
Markgräfin
Makito!

Mutter!
...!
SCHRECK
Warum ...?
Was machen deine Verletzungen?
Ähm ...
Mutter, das ist ...

Wie Ihr seht, ist es nicht so schlimm …
Gut.
Ein Glück!
Hach …
Nicht zu fassen …
Die Nachricht war wohl übertrieben.
…
Äh …?
Ah, ähm …
Also …
…
…
Was?
Na ja, ich kann nicht glauben …
… dass mir so viel Sorge entgegengebracht wird.
Obwohl … es ergibt natürlich Sinn.
Denn wenn ich als Erbe verletzt werde …
Ja, genau das ist es.
Was redest du für einen Unsinn?

... und als Sohn ...
... bist du mir in jeder Hinsicht wichtig.
Äh ... Öh ...
Als Erbe ...
So ist es eben.
Seit jenem Moment ...
... in dem ich damals bei unserer Flucht die Bürger gehört habe ...
Ich kann einfach nicht zulassen, dass das ...
... was Ihr und die anderen auf-gebaut habt, zerstört wird ...
Es ist ...
... nicht so, dass ich etwas dagegen hätte.
... Verstehe.

Alloy ...?
Und trotzdem bist du in solch einer Situation ...
... habe ich stets mein Bestes gegeben.
Ich kann es nicht mehr verbergen.
Trotzdem bist du da.
... hierher zu mir gekommen.
DRÜCK

Gerade weil mir das alles wichtig ist.
Mutter.
Diesmal habe ich es verstanden.
Ich brauche Mikado.
Ich habe von seinem Heiratsangebot gehört.
Bitte schickt ihn nicht so weit fort.
Ich bitte Euch!

Alloy …
Was ist mit dir, Mikado?
Wie denkst du darüber?
… Ich empfinde genauso …
Ist das wirklich dein eigener Wille?
Oder fühlst du dich verpflichtet, weil wir dich einst aufgenommen haben?
…
Es war von Anfang an kein Gefühl der Verpflichtung.

Ich will einfach nur bei Alloy sein.
Mikado ...
So wie bisher und auch in Zukunft.
Bitte lasst mich an seiner Seite sein ...
... in welcher Form auch immer.
Ich bitte Euch.
...
He, alle raus hier ...
Wenn es nichts Großes ist, dann steh auf.

Geh jetzt auf dein Zimmer zurück.
Es haben sich ziemlich viele Leute hier versammelt.
DRÄNG
ぎち
...
Mikado, bitte begleite Alloy.
Äh ...
Er braucht doch deine Hilfe.
Es wäre schlimm, wenn er sich wieder verletzen würde.
Ähm, was heißt d...
Alloy, als denjenigen ...
... der das Erbe der Familie Aram antreten soll ...
... habe ich dich streng erzogen.
Auch wenn ich wusste, dass ich dir damit Einsamkeit aufbürde ...
... ließ es sich nicht ändern ...

Aber du warst ja nicht allein.
Mikado, weil du da warst ...
... konnte Alloy bis jetzt durchhalten.
Ich danke dir.
Bitte pass auch weiterhin auf ihn auf.
N... Nicht doch!
Ich bitte Euch um Verzeihung!
Dafür, dass wir es die ganze Zeit verheimlicht ha...

...
Jeder hat seine ein oder zwei Geheimnisse.
Sogar ich.
Hä? Was soll das heißen ...?
...?
Heee!
Was zum Teufel ...
... ist hier eigentlich los ...?
GAT-SCHAK
QUIIIETSCH
Tschuldigung, Jay! Wir verdrücken uns für heute!!
HÄ?!
He, wartet!

Seid Ihr damit wirklich einverstanden, Markgräfin Makito?
...
Ich war ...
... auch ungefähr in dem Alter, als ...
Ja ...
Lass schnell die Pferde bringen.
Ach, nichts.
Was?

Mikados Gesicht ...
... sah aus, als würde ich mein jüngeres Ich betrachten.
Ich habe sie leichtfertig losgelassen, doch ...
„Ich brauche keine Hilfe mehr.“
... mir war bewusst, dass sie nur so stark tat ...
Hätte ich vielleicht nicht aufgeben sollen?
Dann wäre Elena möglicherweise immer noch ...

Wie dumm von mir, so etwas jetzt zu sagen ...
GATSCHAK
Wir wurden echt ganz schön angestarrt, was ...?
Ja ... Vielleicht können wir für eine Weile nicht vor die Tür gehen.
...
Haaach
...

Wir sind aufgeflogen ...
Ja, jetzt weiß es jeder ...
Tut mir leid, das ist alles meine Schuld.
Als ich hörte, dass du verletzt wurdest, reagierte mein Körper ganz von allein ...
Ja, woah, das war eine ganz schöne Überraschung!
Die waren alle ziemlich verblüfft, oder?
...
Es tut mir leid, dass ich dich neulich so rausgejagt hab.
...
Aber ... ich auch.
Ich dachte, ich sollte mich nicht zu sehr auf andere verlassen ...
... und hab versucht, auch mal was allein zustande zu bringen ...
Aber irgendwie ist alles auseinandergefallen ...
Und am Ende ist es so gekommen ...

...
Das habe ich mir schon gedacht.
Was?
Ich meine, du kannst nicht plötzlich alles allein regeln. So funktioniert das nicht.
Wahrscheinlich ...
Dafür habe ich Stück für Stück gesorgt.
... damit du nicht ohne mich zurechtkommst.
Ich wollte, dass es so kommt.
...
Oh, echt?
Du bist ein böser Junge.
Ja ... Es tut mi...

Hn …
…
Darf ich dich noch ein bisschen mehr berühren?
Alloy …
ZIEH
KNARZ
Irgendwie kommt's mir vor, als wär's schon länger her.
Mir auch …

Ja, darfst du, aber ...
...
Es gibt da was ...
... das ich dir auch noch nicht gesagt hab.
Ach ja ...?
Was denn?
Sag mir alles.
Was ist es?
Woah, so ver-zweifelt ...
Die Wahrheit ist ...
Es reicht mir nicht mehr ...
... dass nur ich berührt werde.
Deshalb ...
... will ich mehr zusammen, na ja ...
FLÜSTER
...

Mikado, hältst du mich für ein kleines Kind?!
Na... Natürlich weiß ich das!
Alloy, das ... Weißt du denn, was das bedeutet?
Was?!
Haaach ...
Was ist das für eine Reaktion ?!
...
Es ist nur ...
E...
Dann würde *er* sicher nicht so reagieren.
AUSZIEH

Es wäre das erste Mal, dass ich ihn richtig sehe.
Also ... Ist er anders als meiner? Die Farbe oder so ...?
Nein, er ist nicht anders.
Nur ist deiner einfach schön und niedlich.
Was?!
So was will ich nicht hören!!
Warum versteckst du ihn?!
Wenn du ihn in dir drin spüren willst ...
... kümmere ich mich darum, aber ...
PACK
WUPP
... bist du dir wirklich sicher ...?
...
Ah ...

...
J...
Ja ...
RUBB
SLUP
GLITT
SLUP
Ah ... ...
...
SLUP
GLITT
RUBB
GLITT

Hah ...
ZUCK
Gn ...
...!
Es ist ziemlich gedehnt, aber ...
Alloy.
Alles in Ordnung?
Wir machen ein anderes Mal weiter ... Oh?
Was?
Nein ... auf keinen Fall!
Hör nicht auf ...
So komm ich mir einsam vor.
Drück mich, Mikado ..
Komm noch näher ...
Mehr ... Das reicht noch nicht.
KLAMMER
Gn ...
Ah ...!

Ah!
Gn!
SCHRUBB
Aaah ...!
Ah, das ist ...
... dein ...!
...
Ja, er steckt in dir.
Ah ...!
Hah ...
KRIII
Ah ...
Hast du Schmerzen ...?
Gnnn ...
Argh ...
Hah ...
Hm ...?
...

Diesen Gesichtsausdruck von dir kenn ich gar nicht.
Total niedlich …
Hä …?
Niedlich …?
So rot und niedlich.
STARR
…
Ja, weil sich das hier gut anfühlt.
ZUCK
Hm …?
Es fühlt sich so gut an …
… in dir drin zu sein.
Ah …
Ah … Gnnn … Irgendwie …
KRIII
Alloy?
Warte … Bleib hier bei mir.
PACK
Uah …!

ZUCK
Ah …! Mmm! …
Alloy, schau mich an.
Es ist alles gut.
Alloy …
Ich liebe dich.
!
Oh …
ERRÖT
Um ehrlich zu sein … wollte ich dir das schon immer mal sagen.
Ich wollte das auch.
WHUMPS
Uoah!
Ah!
I… Ich liebe …
… dich au…
Ah!

Ah ...!
Irgend-was ist anders ...
ZUCK
So gut ...
Ah, oh Gott ...
Ah!
Aaah!
Hnnng ...!
...!
PAMM
ZUCK
...
AH!
BEB
BEB
HAAH
HAAH
Hah ...
...
HAAH
Woah ...

Ob...
Obwohl du dich überhaupt nicht bewegt hast ...
... bin ich schon gekommen ...
Nur vom Reinstecken ...
...
(Ich auch ...)
Nun, beim ersten Mal kann das schon mal passieren.
E... Echt???
Oh ...
Mikado, schau mal.
Es ist bereits Morgen.
Ja.
Die unendlich ...

... lange Nacht ging zu Ende ...
So blendend ... .
Dass solch ein Morgen einmal anbricht, hätte ich nie ...
Mikado?
Alloy ...
Gehen wir ab jetzt gemeinsam zur Arbeit?
Was?

Zusammen ... Wirklich? Im Ernst?
Die werden alle richtig viel Wirbel machen.
Ja, aber jetzt, da wir sowieso schon aufgeflogen sind ...
Urgh ...!
Das macht mich ver-legen ... ...
...
Dann sollten wir es vielleicht lieber lassen.
Weil du so ein ungewohnt süßes Gesicht machst ...
Waaas ?!
Wa-rum?!
Ich kann nicht zulassen, dass jemand anderes es zu sehen bekommt.
Ah ... Das ist ...
... wirklich eine exis-tenzielle Angele-genheit.
Die Leute haben ein ganz anderes Bild von mir ...!
KICHER

Ha ha!
Jetzt machst du aber auch ein ziemlich ungewohntes Gesicht.
…
Was?
Ich denke, das ist außer-ordentlich schliiimm …!
Ich will auch, dass du dieses Gesicht verbirgst …
Hä? Ist es wirklich so seltsam …?

Gold und Silber
flüstern in
der Nacht

Guri Nojiro

Anwesen der Familie Aram
EPILOG
Uwah!
BAMM
TRAPPEL
He ... du! Hier wird nicht gerannt!
TRAPPEL
Wohin willst du denn?
Der Unterricht ist ...
WUPP
Huargh!
PACK

Wa ...?!
Wer bist du?!
He, lass mich los!
Gib es her.
Hä? Was meinst du ...?!
Das, was du beim Zusammenstoß gestohlen hast.
Her damit.
...!
KLIMPER
Du bist eine Waise, nicht wahr?
Mach nicht zu viel Unfug ...
... und bleib im Rahmen des Erlaubten!
...
Was weißt du schon?

Ach, was soll's. Ich werd ...
... dieses Haus sowieso bald verlassen.
Ach so ...
Ja, so habe ...
... ich früher auch gedacht.
Hm ...?
!
PACK
He, was ...?!
Lass uns für heute zurückkehren.
Du hast doch Spezialunterricht.
Der Kommandant kommt aus dem Schlo...
Lass mich los! Mit so einem will ich nichts zu tun haben!

Der ist bestimmt auch nur wieder so ein strenger, starrköpfiger Greis, oder?
Was?
Alloy soll ein strenger ...
... starrköpfiger Greis sein ...?!
Graf Alloy ...!
KYAAAH!
Das sieht schwer aus. Ich nehme es Euch ab.
A... Aber Komman-dant ...
PFFF
?!
Nein, ganz und gar nicht.
Hm ...?
Der Unterricht wird sicher nützlich für dich sein.
Außerdem hast du eine schöne Stimme.
Du wirst bestimmt mal eine talentierte Magierin.
Wa...
Was ...?
Mikado?

Alloy.
Was machst du hier?
Sie hat sich verlaufen.
Hä?!
Verzeihung, hab ich dich warten lassen?
Ich komm gleich, geh schon mal ins Klassenzimmer.
Hm?
Bist du etwa der Lehrer ...?
Ja, ganz genau.
Freut mich!
Ja, ähm ... also ...
... dann warte ich auf Euch ...!

He …
Mikado, meine Mutter lässt nach dir rufen.
Gehen wiiir!
Wie ist der Unterricht so, Alloy?
Ich hab mich ziemlich gut dran gewöhnt.
Wie auch immer, ich hab gehört …
… dass du stellvertretender Abteilungsleiter wirst, Mikado.
Ja …
Anscheinend möchte der Abteilungsleiter bald in den Ruhestand treten
Er ist ja auch schon alt.
Und Markgräfin Makito …
Von jetzt an wirst du eine verantwortungsvolle Position innehaben.
HÄLT SICH NICHT MEHR ZURÜCK
Wenn du bei Alloy bleiben willst, musst du Karriere machen!
Das waren ihre Worte.
Ha ha!
Meine Mutter freut sich sicher auch, dass du uns erhalten bleibst, Mikado.

Ich hätte wahr-scheinlich ...
... früher auf die Menschen in meinem Umfeld vertrauen sollen.
Ja, vielleicht.
Aber du hast sicher dein Bestes gegeben.
Ja.
Na dann, viel Erfolg im Unterricht!
Danke, dir auch ...

Mikado?
Komm mal her.
Nur ganz kurz.
GATSCHAK
Alloy, geht es dir nicht gut?
Was ist los?
Oh?
Ach ...
...
Sag schon.
Es ist nur ...
... weil du ...
Ja, was?
I...
Ich hatte dir doch gesagt, dass du dein Lächeln vor anderen verbergen sollst!
WAS ...?!

Ich ...
... habe gelächelt? Wann denn?
Eben ... als du mit dem Mädchen gesprochen hast.
Hä ...? Oh ...
Das war wohl unbewusst ...
Das ... Vermutlich ...
... habe ich da einfach an dich gedacht.
Was?
An mich?!
Ich habe mit ihr über dich gesprochen.
Tut mir leid, ich lächle schon nicht mehr.
Ich werde versuchen, nicht mehr so viel an dich zu denken ...
Also zumindest unter Menschen ...
...
Nicht mehr an mich zu denken, wäre noch viel schlimmer ...
Also lächle lieber weiter.

Ja, wirklich?
Ich denke wahrscheinlich so oft an dich, dass dir davon schwindelig werden würde.
Hmm …
KÜSS
SCHMATZ
RATTER
… …

He, habt Ihr Graf Alloy gesehen?
Oh Mist ...
Komm her.
GATONK
Still ... Sei ganz leise ...
Ich habe ihn eben hier in der Nähe gesehen.
Ja, wo ist er nur hin ...?
TRAPPEL
TRAPPEL
...
Gehen wir besser.
Bitte entschuldige, ich wollte dich nicht aufhalten ...
Nicht doch, ich dich auch nicht.
He, komm doch heute Abend auf mein Zimmer.
Ich werde da sein ...
カチャ
GATSCHA
Na gut, dann geh ich zuerst ...
Hm?
Alloy, warte.

Lass uns zusammen gehen ...
Oh ...
Ach ja, wir ...
... müssen ja nicht mehr getrennt die Zimmer verlassen.
Genau.
Na, dann los!

Was hast du gemacht, dass du so spät bist?
Sei ehrlich zu mir.
...

Ihr seid zu spät, Graf Alloy.
Pünktlichkeit ist das A und O!!
Sie ist stinksauer ...

Nachwort

Vielen herzlichen Dank, dass ihr zu diesem Band gegriffen habt!

Ich komme aus einer Stadt, die für die Industrie bekannt ist, besonders für die Stahlproduktion. Es gibt viele große und kleine Firmen und wir nennen sie manchmal sogar ‚OO-Königreich'. Ich fand das immer ein bisschen ulkig, aber die Technik der Stahlherstellung wirkt auf mich wie Magie. Das war der Ausgangspunkt für diese Geschichte.

Wie das wohl wäre,
wenn der Sohn des Firmenchefs
von allen angehimmelt wird ...
oder so ...

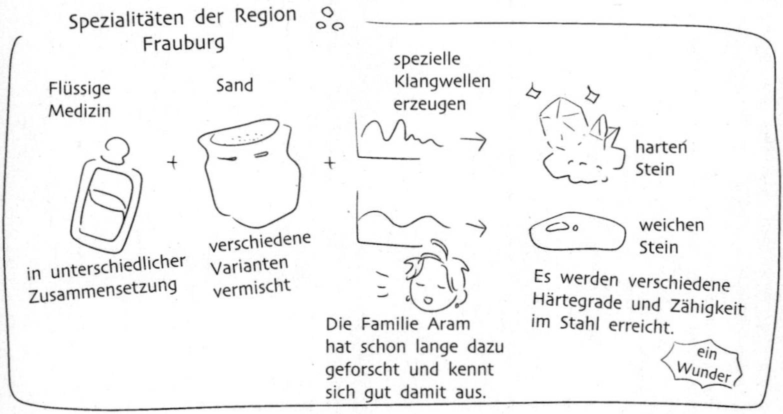

Vielen Dank, dass ihr diese Geschichte gelesen habt!

Guri Nojiro

SPECIAL THANKS

Vielen Dank an alle, die die Veröffentlichung in Echtzeit mitverfolgt und mir Briefe und Nachrichten geschickt haben, sowie an mein zuverlässiges Team und alle in der Redaktion!

Gold und Silber
flüstern in
der Nacht

Ende

SUTOPPU!

**Koko wa kono manga no owari dayo.
Hantaigawa kara yomihajimete ne!
Dewa omatase shimashita!
Tanoshii hitotoki wo dozo!**

Egmont-Manga-Chiimu

STOPP!

**Das ist der Schluss des Mangas.
Fangt bitte am anderen Ende an!
Und nun genug der Vorrede,
viel Spaß beim Lesen!**

Euer Egmont-Manga-Team

„Gold und Silber flüstern in der Nacht“ von Guri Nojiro
Aus dem Japanischen von Madlen Beret
Originaltitel:
„KIN GIN SASAMEKU HIMITSU WA YORU“

Originalausgabe:
KIN GIN SASAMEKU HIMITSU WA YORU

Originally published in Japan in 2023 by
GENTOSHA COMICS INC., Tokyo.
German translation rights arranged with
GENTOSHA COMICS INC., Tokyo,
through TOHAN CORPORATION, Tokyo.

Deutschsprachige Ausgabe:

Ritterstraße 26, 10969 Berlin
safety@egmont.de

1. Auflage 2025

Verantwortliche Redakteurin: Manuela Rudolph
Lektorat: Franziska Riedel
Covergestaltung: Wolfgang Schütte
Koordination: Angelika Schönhuber
Printed in the EU
ISBN 978-3-7555-0507-5

story house
EGMONT